내안의 깊은 울림

님에게

좋은날

늘 시간이 지나가면

마음 속에 후회가 남았습니다.

노래로서 다하지 못한 말들이

아직 내게 남아 있습니다.

그것들을 글로 모아

이렇게 한 권의 시집으로 묶게 되었습니다.

음악 앞에 늘 겸손하며

모든 사람을 사랑할 수 있도록

노래하지 않아도

들려오는 마음이 전해질 수 있도록

틈틈이 적어 왔던 나의 글들을

이제 기쁜 마음으로 세상에 보냅니다.

내안의 그리움으로

그대 언제나 행복하길 바라며…

2001년 5월

조성모

| 차례 |

2장 | 그대에게 가는 길

3장 | 내 삶의 푸르른 날

4장 | 어떤 위로

5장 | 가슴에 남은 말

1장

그리운 곳으로 가라

비에게 · 1

넌 울고 있는데
난 너가 반가워 웃고
넌 그칠 줄 모르는데
난 말릴 생각조차 없는데
기다린다고
보고 싶다고
볼 수 있는 너가 아니기에
이기적인 내 욕심으로
흐느끼는 널 안아 주지 못한다.

누구나 그리움 하나씩은 품고 산다

나에겐 보고 싶어도
볼 수 없는 그리움보다
볼 수 있는데 보지 못하는
그리움이 더 많았다

섬처럼 그렇게
그리움 하나씩은 가슴속에 품고 산다지만
하나가 아닌 감당할 수 없는 만큼의 그리움으로
살고 있는 외로움에서
이젠 비켜가고 싶다.

사랑에게

그대가 나를 떠나간 후에
나는 외로운 창가에 서서
지는 저녁 노을을 바라보다가
그만 울어버리고 말았네요
당신의 웃음뒤에 남은 쓸쓸함을
애써 지우려고 했지만
차마 지울 수가 없어
철없이 가슴을 쓸어 내리지만
저 여린 마음가지 사이로 비만 내리네요

사랑아, 눈먼 사랑아
이젠 나를 데려가다오
모두가 떠나고
정작 나 홀로 남았음을 알았을 때
너 떠난 뒤에 남은 나는 비틀거린다.

뜨는 해에게

그대여
지금 나는 그대를 보고 싶다

바람부는 이른 새벽
이 세상 가장 깨끗한 마음으로
지상에 떠오르는
너를 바라보고 싶다

생은 항상 내게 아쉬운 한숨
눈맞춤 한 번 하지 못한 스물다섯 해
나 비로소 너를 바라보고 싶다.

그대 일생에서 가장 아름다웠던 사람을 생각하라

그리운 곳으로 가라

마음이 쓸쓸한 날은
빈 몸으로 야간열차를 타고 떠나라
그때 차창 밖에 눈이 내리거나
혹은 비가 내리거든
그대 일생에서 가장 아름다웠던 사람을 생각하라

그리고 가만히 눈을 감아라
마음에 폭설이 지거든
속으로 꺼억꺼억 울어라
그래도 속이 후련하지 않거든
자리에서 일어나
열차의 행간으로 나가
덜컹거리는 곳에 마음을 실어라

그러면 그때
잊혀진 사랑의 사람이나

혹은 지금 그대의 사람이나
모두 마음속에서 지워질 것이니
마음이 괴로운 날은
저물 무렵 열차를 타라.

섬 같은 그리움

마음속에 키워온
섬 같은 그리움 하나가 있습니다
몰래 가보고 싶었던 지도에도 없는
티끌 같은 섬

그곳에는
그리움 하나가 살고 있습니다.

사랑이 찾아와

고궁에 앉아
무작정 그대를 기다리네
약속 시간은 지났지만
아직 그대 오지 않고
사락사락 낙엽소리가 들려
사랑인가 싶어 고개를 돌렸지만
바람소리였네

나는 문득 기억속으로 걸어가네
바람이 사랑의 책장을 하나씩 넘기고
그대 내 마음의 깊은 곳에
머문 뒤부터 나는 젖어 있었네
그리움인가 싶어 마음이 두근거려
뒤돌아 보았지만
그냥 가을이었네.

사랑하는 사람에게

지나는 비처럼 내가 힘들어
어느 날 말없이 홀쩍 떠나버린 사람
오늘은 그 사람이 보고 싶어진다

비오는 수요일이면 그 사람이 생각난다
모난 내 탓으로 많이도 가슴 아파했던 사람
그 사람 지금 무엇을 하고 있을까
가끔은 추억을 감당할 수 없기에
사람은 외롭다고 생각한 적이 있었다
외롭기 때문에 사랑을 한 적이 있었다
어쩌면 그 사람도 추억 때문에
가슴 아파하고 있을까

목련꽃처럼 가슴이 여린 그 사람
지금 다른 사랑하는 사람을 만나고 있을까
누구든지 사랑하다가 헤어지면

그 아픔을 감당하지 못하듯이
그 사람 행복을 빌고 싶다
비오는 수요일이면
그 사람이 보고 싶어진다.

카페에서

젖어 보지 못한 사람은
사랑에 대해 이야기하지 말라
나는 오늘 목조의 카페에 앉아
음악을 듣고 있다
창 밖에는 우울한 비가 내리고
음악은 안단테의 낮은 풍(風)으로 흐르고 있다
돌아보면 내가 걸어온 길의 아득한 그쯤
어머니 같은 옛날
그 애인이 서서 있다
한 번쯤 누군가를 그리워하는 것처럼
사랑을 할 수 있다면
음악처럼 내 전부를 받칠 수 있으리라.

비가 오네요

비가 오네요 가을비가
비소리가 점점 커져가는 만큼
그대를 그리는 마음도 커져가네요
바람에 조용히 흔들리는
창문 사이로 비를 맞아보다가
그대 눈물 같아
그만 창문을 닫았네요
두 뺨에 흐르는 눈물이 다 마르면
새벽을 기다리다 잠이 들겠죠
바램이라면
그 꿈에서 남아 그대와 함께
이 비를 맞고 싶네요.

가고 나면 이유 없이 흐르는 눈물을 닦아 본 적 있는가

오래된 사랑

사랑은 오랫동안 생각하라
사람들은 사랑을 너무 쉽게 얻고 버린다
그리고 지나간 사랑에 대하여
가슴을 치고 통곡한다
그땐 이미 모든 것이 늦다
지나간 사랑에 대해 더 이상 아파하지 마라
이별을 생각하기 전에 한 번쯤 돌이켜 보라

그대 한 번쯤 흘러간 사랑에 대해
생각해 본 적이 있는가
가슴치며 괴로워해 본 적이 있는가
가고 나면 이유 없이 흐르는 눈물을 닦아 본 적 있는가

사람의 사랑이 소중한 것은
세상을 다 주는 것보다 더 소중한 것은
바로 홀로 설 수 없다는 것 때문이지
이유 없이 가슴이 벅차오르고
눈물이 나는 것은
이 지상에서 단 한 사람을 사랑하는 이유 때문이라는 것을
가슴으로 그대 느끼고 있는가
오래된 사랑은 퇴색한 사진처럼 아름답다.

후회

끝내 말하지 못하였습니다
그러기에 그대에게 부끄러웠습니다
사랑이란 이런 것이 아닌데
내 안의 나는 결코 이런 것이 아닌데
아니어도 웃어야 하는 나는
웃어야 했던 그날을 후회합니다
처음으로 반성이 아닌 후회였습니다.

2장

그대에게 가는 길

슬픈 것 세 가지

알아서 슬픈 것이 있다면
언젠가 그대가 날 떠날 거라는 겁니다
알면서 잡은 손 놓을 수 없는 것은
그대를 사랑하기 때문입니다

몰라서 슬픈 것이 있다면
내 마음을 몰라주는 그대 때문입니다
모르시는 줄 알면서도
잡은 손 놓을 수가 없는 것은
그대를 사랑하기 때문입니다

그 무엇보다도 슬픈 것이 있다면
사랑하면서도 사랑한다 말하지 못함입니다
떠나실 그대에게 사랑한다 말할 수 없는 것은
그대를 사랑하기 때문입니다.

약속 1

약속할 게 있네요
이 말만은 꼭 지켜주세요
변치마세요
날 보는 그대 모습 변치마세요
그대 위해 준비한 모든 시간들이 끝나기 전까지는
그대 행복한 모습 보기 위해
준비한 시간들이 끝나기 전까지는
그때까지만
그때까지만 변치마세요
날 보는 그대 모습
정말 변치마세요.

약속 2

약속할 게 있네요
꼭 지켜달라는 대답을 미리 받고 말해야겠네요
너무도 여린 그대라
약속을 못 지킬 것 같아
꼭 먼저 대답을 들어야겠네요
어서 대답하세요
내 부탁 한 번만 들어주세요
꼭 이 말만은 지켜주세요
그대 아무리 힘들고 슬퍼도
혼자 있을 땐
나 없이 혼자 있을 땐
울지 말아요
내가 안아줄 수 있을 때
내가 그대 눈을 닦아줄 수 있을 때
그때만 울어요
우리 약속해요.

느낌

그대로 있어
그냥 거기 서 있어
더 이상 다가가지도
그렇다고 귀찮게도 하지 않을 게

이 하늘 아래
그냥 살아만 있어줘
같은 하늘 아래
같이 숨쉬고 있다는 것만
느끼게 해줘
그리울 니가 있다는 것
그것만으로 난 감사하니까.

* 'For You' 가사중 이말은 여기서 나왔어요...!!

40

그대에게 가는 길 1

이렇게 길눈이 어두울 수 있을까
그대에게 가는 길마저 잃고서야
나 비로소 사랑을 알게 되었네.

그대에게 가는 길 2

얼마나 더 많은 시간이 흘러야
그대에게 가 닿을 수 있을까
저녁 겨울눈은 철없이 내리고
모든 짐승들이 제 집으로 돌아가는 시간
지친 몸을 이끌고 집으로 돌아가
텅빈 방안의 불을 켭니다

아무도 없는 공허의 한자락이
커튼을 흔듭니다

누구나 조금씩은 슬픔을
가슴속에 두고 살지만
그대 없는 오늘은 마음조차 허전합니다
얼마나 많은 외로움을 견딜 수 있어야
그대에게 갈 수 있습니까
그대에게 다가갈 용기도 없고
아아 사랑한다는 말 한 마디 할 수도 없는
나는 정녕 그대에게 갈 수 없습니까.

그대 때문에

꿈속에서 그대를 보았습니다
환히 웃어 날 반기던 그 모습이
지친 나를 잊게 합니다
그대를 보내고 나면 아쉬움이 남을까
찬찬히 그대를 바라봅니다

그리고 가슴 깊이 새겨 봅니다
입을 열어 내 마음을 전하면
괜히 눈물이 나올 것 같아
차마 사랑한다는 말을 못하였습니다

사랑한다는 그대의 말은
저녁노을처럼 가슴이 아팠지만
이미 그대는 내 마음을 알기라도 한 듯
애써 참은 눈물을
끝내 흘리게 하였습니다

이젠 내가 아닌 우리라는 말을 할 수 있어
정말 감사합니다
먼 훗날 그대가 이 한마디만 기억해 준다면
'신께서 성모를 살게 한 이유가 바로 그대였음을
그대가 또 다른 나였음을'.

사랑

그대 한 사람을 사랑하기가
왜 이리 벅찬지 모르겠습니다
외로움이야 그대가 곁에 있어 덜 하지만
그러나 그대를 곁에 둘 수 없을 때
눈물만 하염없이 흘러내립니다

이 밤 그대 생각만으로 다 지샙니다
이럴 줄 알았으면
차라리 떠나는 그대 모습이라도
붙잡아 두었으면 했지만
이미 다 소용이 없는 지나간 일입니다

사랑이란 이렇듯이
그대 한 사람을 사랑한다는 것이
이렇게도 힘들고 벅찬 것이라는 것을
나 이제야 알았습니다

그대가 떠나고 난 뒤에야
비로소 사랑을 배우는가 봅니다
나도 알 수 없는 것이
바로 사랑이니까요.

내 안에 있는 너에게

은하수를 본 적은 없지만
은하수만큼의 그리움은 가져 보았지
끝도 없는 그리움으로
은하수를 상상해 보곤해
맑은 밤 하늘을
아름답게 수놓은 많은 별들
그 별들만큼의
그리움으로 내 안에 있는 너
은하수를 본 적이 있니
아마 너처럼이나 아름답겠지
내 그리움만큼 쓸쓸하겠지.

오랜 기다림

오랜 그리움의 기다림 끝에 그대 서 있었나 봅니다
그대를 보면 눈물이 나던 순간을
저 이제 알 것 같습니다
사랑할 수 있었던 시간보다
헤어져 있어야 할 시간이 길었던 우리
그래서 어느 날 그대가 나와 함께 하여도
서글펐나 봅니다
하지만 끝이 아님을
더 큰 사랑으로 안아야 할 우리임을 알기에
그대를 남겨두고 떠나는 나는 나쁜 사람이지만
마음이 아닌 몸이 멀어지는 아픔을
차마 그대에게 다 내보이고 싶지 않습니다
세상에 날 그리는 그대가
세상에 그대를 그리는 내가 존재하고 있음을
사랑한다 말하고 싶은 그대
그리 길지 않은 시간을 함께 하였지만

더 오래 함께 하여야 함을 알기에
헤어져야 하는 우리 슬프지만은 않을 것입니다
내가 사랑한다 말할 수 있고
정녕 나를 사랑한다 말할 수 있는 그대
그대 있음으로 난 그 다음을 살겠습니다.

여름캠프
— 촛불의식

늘 처음에 그랬듯이 다시 환한 웃음으로
그대 앞에 서럽니다
잠시 그대 곁을 떠났던 것은 더 오랜 만남을 위한
준비였음을 그대는 아시리라 믿습니다
쉽지 않아야 더 소중하듯 그 시간 동안
그대의 소중함을 그리고 그대의 사랑함을
가슴 깊이 배웠습니다
나 지켜준 그대 사랑만큼
이젠 내가 그대를 지켜드리겠습니다
우리 서로가 힘들면
성모 곁에 마리아가 아니라
마리아 곁에 성모로 그대를 지키렵니다
우리 늙어 오늘이 추억이 되었을 때
너무 오래 전이라 잘 기억이 나지 않을 때
우리 하나만 기억해요
서로 같이 한 시간보다

기다림이 정말로 소중했던 그 시간들
무대 위에 서 있다 그냥 그대 보내기가 너무 아쉬워서
뒤돌아 이젠 정말 노래를 못할 것 같다고…
그땐 정말 그말 하고 싶었는데
입을 열면 눈물이 나올 것 같아 못했어요
사랑해요….

눈물로 쓴 편지

그대에게 깊은 밤
눈물로 편지를 쓰다
쓰다가 쓰다가
끝내 마침표를 찍지 못하다.

3장

내 삶의 푸르른 날

눈 오는 날에

너무도 고마웠던 사람
눈을 보면 그 사람이 더욱 생각납니다
세상에서 가장 사랑하는
바로 하얀 그대였습니다.

러브레터

애인아, 너는 언제나 먼 섬처럼 멀리 있고
나는 그 섬을 바라본다
안개에 쌓인 날은 너를 바라볼 수가 없어
긴 외투를 걸치고 바닷가에 가지만
배 한 척 떠다니지 않는 그 바닷가 포구에는
바람만 분다
사랑하면 사랑할수록 다가설 수 없는 것이 사랑이라지만
사랑하면 사랑할수록 애닯아하는 것이 사랑이라지만
애인아, 오늘은 너에게 가까이 가고 싶다.

그대 얼굴

뚫어져라
그대 사진만 보네요
그리워한다고
그런다고
알아줄 그대 아니란 거 알지만
또 보고 또 봐도
그대 잡은 마음을
놓을 수가 없네요
날 보는 웃음이 아니란 거
날 보는 눈짓이 아니란 거 알지만
또 보네요
또 보게 되네요.

사랑의 힘

삶의 전부라고 생각했던
그 모든 것에 배신을 당했을 때
세상에 사랑은 없다고
존재하지 않는다고
내 마음에 자리잡았던 작은 악마
그래도 날 놓을 수 없었던
내 자신에게 생긴 믿음
삶의 전부가 사랑이 아닐 수 있어도
사랑이라는 의미만으로
너무도 소중한 날 놓지 않게 하는 힘
그것도 사랑이었다.

이제 겨우 시작임을 알고 있습니다
알고 있어 한순간도 그대 놓지 않고 바라보았습니다

새로운 시작
— 콘서트를 마치며

오늘 우리 네번째 이야기를 끝냈습니다
끝내었다고 마지막이 아님을 압니다
이제 겨우 시작임을 알고 있습니다
알고 있어 한순간도 그대 놓지 않고 바라보았습니다
알고 있어 흐르는 눈물도 참지 않았습니다
다시는 다시는 그대 힘들게 하지 않으리라
다짐하고 또 다짐하며
시련 앞에 놓인 나보다 더 슬퍼하던 그댈
보았습니다
못한 백 번보다 잘한 한 번에
그대 엄지손가락을 들어주셨습니다
이젠
그러지 않았으면 합니다. 그러지 않으셔야 합니다
아니
그러지 않게 하겠습니다
다시 만날 푸른 가을날엔 푸른 하늘 같은 얘기를

가득 할 수 있도록
그대 마음 가슴 깊이 담아두겠습니다
그대 엄지손가락 아프도록 그대에게 맞는
내가 되겠습니다
말하지 않아도 들려오는 그대 마음에
감사하였습니다
그대 나보다 행복하길 바라며.

내가 사는 이유

내리던 비 그치고 나면
맑은 하늘을 볼 수 있을 거라고 믿었습니다
그러기에 살 수 있었고
기다림이 지치지도 않았습니다

그날이 오늘이 되어 지내온 그 동안
가진 게 없어 드릴 것도 없던 저에게
그대 너무 많은 걸 주셨기에
말로는 다 못하는 감사와 은혜를
무엇으로 대신할지 몰라
자꾸만 가슴 한켠이 울먹입니다

그대가 제 삶의 이유가 무엇이냐고 물으신다면
그대라 하겠습니다
그대가 제 삶의 맑은 하늘이 무엇이냐고 물으신다면
또한 그대라 하겠습니다

볼 수 없는 곳에서 어둠 걷어주는 빛처럼
부족한 제가 그대의 힘이 되고 싶습니다

그대 앞에서 아주 먼 후에도
늘 같은 마음으로 노래할 수 있는 저이고 싶습니다

오늘이 지나고 나면
더 나은 만남을 위해
더 오랜 만남을 위해
잠시 그대 곁을 떠나야 합니다

준비된 사랑을 다 보이고 나면
그대를 향한 그리움을 모두 다 드리고 나면
돌아서는 마음이 편할줄로만 알았는데
아쉬움만 더하여 집니다

푸른 하늘 있는 그날에
처음 그대를 보던 설레임으로
처음 그대를 보았던 환한 웃음으로
다시 서겠습니다

그대
가슴 깊이 감사하였습니다
그리고 사랑합니다.

그대를 위하여

나 그대를 위해 멋진 사람이 되겠습니다
그대 옆에 서 있는 내 모습이 초라하지 않아야
그대가 더욱 빛나듯이
나 그대를 위해 착한 한 마리의 양이 되겠습니다
그대를 보는 내 모습이 때묻지 않아야
그대 순수한 마음이 더욱 빛나듯이
나 그대를 위해 진실로 마음을 닦겠습니다
나 그대를 위해 강한 사람이 되겠습니다
그대를 보는 내 모습이 비굴하지 않아야
그대가 더욱 강해지듯이.

맑은 그대에게

비온 뒤 개인 하늘을 보면
그대 생각이 났습니다
파란 하늘이 꼭 그대를 닮았거든요
그대 맑음이
나의 그림자를 비출 때면
나도 몰래 환히 웃는 내가 되듯이
누구보다도 상처받기 쉬운
그대 항상 불안하지만
비 개인 하늘인듯
다시 맑게 웃어 보이는
그대를 보면 마음이 놓이곤 해요.

그 사람은

모두가 나를 떠났을 때 그 사람은
조용히 나의 문을 두드리고 간 사람이었다
내가 울고 있을 때 그는 나의 등을 두드려 주었고
내가 절망의 구렁텅이에 빠졌을 때
그는 내가 버린 모든 것을 다시 구해 주었다

그는 내가 사랑한 하나님이었다.

기도 1

항상 내게 겸손한 마음을 주소서
모든 사람을 사랑하게 해주소서
사랑하는 사람들에게 행복을 주소서
그리하여 아침해처럼 빛나게 해주소서
우리가 그리움에 몸져 누울 때
마침내 그 그리움에 상사화 꽃이 피듯이
하나님 나에게 늘 모자란 그리움으로
몸살 앓게 해주소서.

기도 2

음악 앞에 늘 겸손한 제가 되게 하소서
비온 뒤 맑은 하늘처럼
우리의 만남이 늘 새롭게 하소서
먼 훗날 우리 지난 자리가
아름다운 향기로 가득하게 하소서
말하지 않아도 들려오는 마음을 알게 하시고
처음 보던 설레임이 항상 영원하게 하소서.

기도 3

하나님 기도합니다
제 간절한 바램입니다
당신에게 드리는 이 기도가
결코 제 이기적인 욕심으로
축복을 바라지 않겠습니다
단지 저의 바램이 있다면
저에게 한 사람이 있습니다
제가 너무도 사랑하는 사람
자기 모두를 주고도
벅찬 눈물을 짓는 사람
줄 것 없는 저에게
자신의 전부를 던져버린 정말 무모한 사람
제가 자기를 영원히 지켜줄 거라고
자기 자신보다 날 더 믿는 사람
나 같은 사람을 만난 것을
당신께 감사하다고 여기는 사람

절 살게 한 당신의 이유가 있으시다면
그 안에 이 사람만 사랑해야 할 이유를 주시기를
다시 또 삶이 거듭되어도
다시 이 사람과 함께 할 수 있기를
기도합니다 하나님.

내 삶의 푸르른 날

떠난 그대를 위해서가 아니라
날 위해 잊지 않기로 했습니다
미련이 남아서가 아니라

결코 후회하지 않기 위해
마음속 깊이 그대를 간직하기로 했습니다
내 삶의 푸르른 날
그대에게 감사하기로 했습니다.

봄

때 이른 봄이
내 가슴속에 먼저 와 있네
시집 앞둔 처녀마냥
마음을 설레게 하는 봄빛

긴 겨울을 지나는 동안
소리 없이 인내하던 내 사랑
햇살이 내 마음의 창가에
내리고 있네.

4장

어떤 위로

가수에게

거리를 지나다가 노래를 들었네
그대 가슴 지지고 난 상처를 아물게 하는
슬픈 노래를 들었네
누가 부르는 노래인지는 모르지만
자꾸 가슴을 쳤네
한 번쯤 사랑에 빠지고 싶은 어느 봄날
봄눈이 내렸네
음악처럼 나는 봄눈에 그만 다리를 헛딛었네.

나에게
— 고독에 대하여

고독이 그대를 부를 때
가만히 눈을 감고
생각해 보라
너 홀로 얼마나 오랫동안
외로운 자가 되었던가를
너만큼 세상에
외로움에 몸부림쳐 보지 못한 사람이
어디 있겠는가를
자꾸만 외롭다고 하지 말라.

다시 겨울이 오다

첫 눈이 내렸다
방송국으로 가는 차안에서 창밖을 바라보았다
겨울이 왔는데도 겨울을 느낄 수 없는 사람들의 어깨에
눈송이들은 저마다 악보처럼 가볍게 내려앉았다
사람들은 아아 노래처럼 눈송이들을 모아 던졌다
모든 것은 처음일 때가 아름답다
아름다운 것은 처음이다라고 생각할 때
차는 방송국 앞에서 머물었다
나는 첫 눈을 버려두고 건물 안으로 들어서는 것이 싫어
한동안 눈을 맞고 있었다
그 눈은 내 노래의 음절마다 내려앉았다
사랑한다는 것은 첫 눈처럼 누군가를 맞이하는 것이다
사람은 사랑할 때 사랑을 모르듯이
사랑을 모르는 사람은 사람을 사랑할 줄 모른다
사랑할 줄 모르는 사람은 사랑을 예감할 줄 모른다
그칠 줄 모르는 첫 눈은 마침내 폭설이 되어

버려진 사랑 앞에 퍼붓다가 내 어깨에도 쌓인다
나는 쌓인 그 눈을 좀처럼 털어내지 못하고
방송국 앞에서 서성거렸다.

수많은 슬픔이 별을 만듭니다.

별, 그리고 노래

내 마음의 별 하나
별은 날마다 떠서 새벽이면 집니다
별이 반짝이는 동안
나는 노래를 생각합니다
무한 고독속으로
나는 한없이 빠져 헤어나오지 못합니다

수많은 슬픔이 별을 만듭니다.

애인에게

저무는 창가에 앉아 지는 해를 바라보아라
그리고 조용히 생을 생각해 보아라
얼마나 세상은 아름답고 비극적인 것인가를
눈감고 가만히 생각해 보아라
그러면 한때의 즐거웠던 사랑이나 비극적인 사랑이
모두 다 생의 한 부분임을 깨닫게 될 것이니
애인아, 저물 무렵 바다에 나가
가만히 지는 해를 바라보아라.

비에게 · 2

내 마음속에 비가 내리네
모두가 떠나가고 쓸쓸하게 홀로 남은 광장
시간은 속절없이 흘러가고
차디찬 비가 발목을 적시네

사람들은 알고나 있을까
생의 한가운데
버릴 수 없는 버리고 남은 외로움이
자리한다는 것을

진정 잊어야 할 추억의 그림자 속에
비는 내리고
정작 홀로 남아야 할 무한의 시간 속
내 마음속에 비가 자꾸 내리네.

깊은 밤

깊은 밤에는 적요가 있다
가만 눈을 감으면
귀에서 이명(耳鳴)이 들린다
음악이 허공을 타고 흐른다
붙잡고 싶다
그러나 끝내 잡을 수 없는 깊은 음률(音律)!

눈, 비, 별, 그리고 사랑

하나 둘씩 쌓여가는
눈 속에서
난 눈이 되어버린 비의
슬픔을 알게 되었어
하얗게 변해 가는 세상에서
난 씻을 수 없는 비의
슬픔을 알게 되었어
구름에 가려 아름다운 사랑을
볼 수 없던
별의 슬픔을 알게 되었어.

비 그치고

이 비 그치면
너에게 갈 수 있으리라
믿었는데 비는 그치지 않았다
왜 한 번 내린 비는 그치지 않는가
비처럼 내린 내 사랑은
좀처럼 떠나지 않는가
마음에 폭우가 내리는 날은
외로웠다
하필 그런 날은 그대가 내 곁에 없다
뒤돌아 서서 운다
눈물이 많은 사내의 어깨에
비는 더 내려꽂힌다
나는 더욱 외로움에 젖는다
몹시 마음이 춥다.

웃음

날 불러 본다

차갑게 부는 바람

쓸쓸함에 지쳐

웃어 본다

차라리 그런 웃음이라면

웃지 못할 내가 되었으면 좋겠다.

나는 그 사람의 그림자 때문에 한동안 그 자리를 떠나지 못하고
그를 지켜보았습니다

아직도 그 사람은 그곳에 서 있는가

콘서트가 끝나고 모두가 다 사라진 뒤
그 사람은 홀로 서 있었습니다
그리움이 무덤이 되어버린 쓸쓸한 무대
왜 그 사람은 가지 않고 홀로 그렇게 서 있었을까요

무서운 외로움 때문일까요
외로움보다 더 무서운 것은 무엇일까요
나는 그 사람의 그림자 때문에
한동안 그 자리를 떠나지 못하고
그를 지켜보았습니다

그리고 어느 순간
그 사람은 사라지고 문득 버려진 것은
나 혼자라는 것을 알게 되었습니다
그는 바로 나 자신이었습니다

외로움이란 바로 이런 것이 아닌가요
수많은 누군가의 눈길이 나를 향하는 것처럼
어느 날 갑자기
눈길이 사라지는 무서움 같은 것을 예감한다는 것
그것이 바로 삶이었습니다

이 세상에는 진실로 외로운 사람도
혼자인 사람도 없다는 것을 비로소 깨닫는
순간이 내게도 있었다는 것을 알게 되었습니다.

어쩌면 나는 그대를 모르고 있었음을
떠난 뒤에야 비로소 소중한 그대를 알게 되었습니다.

그대 없는 곳에

어느 날 내 옆에 있던 그대가
훌쩍 떠났을 때
나는 그대가 없음을 눈치채지 못했습니다
그대는 늘 내 곁에서 웃고 있었으므로
그대의 비어짐을 정작 느끼지 못했습니다

그러나 내가 생각했던 시간이 지나도
그대는 돌아오지 않고
그대가 남긴 흔적을 찾지만
흔적은 내 마음속에만 있었습니다

미련하게도 나는 그대가 내 곁을
떠난 것을 먼 시간이 흘러간 뒤에야
가슴으로 느꼈지만
이미 때를 놓친 뒤였습니다

그제서야 그대를 찾았지만
그대는 이미 아무 곳에도 없었습니다
나는 그대를 누구보다도 잘 알고 있다고 믿었지만
나는 그대가 떠난 뒤에야 알았습니다
어쩌면 나는 그대를 모르고 있었음을
떠난 뒤에야 비로소 소중한 그대를 알게 되었습니다.

난 가끔 나에게 선물을 하기로 했다
그 선물이 비누방울 같은 아주 작은 것일지라도.

내 안의 깊은 울림

내 안에 깊은 울림이 있습니다
눈물은 눈물끼리 내 노래를 만들고
슬픔은 슬픔끼리 내 안의 그리움을 만듭니다
마음에 비가 내리듯 외로운 날은
홀로 견디기가 힘들어
가만히 내 노래를 듣지만
나는 외로움에서 견딜 수 없는 사람이 되고 맙니다
이런 날은 주점에 앉아
사랑하는 사람들과 술을 마시고 싶지만
아아 그렇게 세상과 함께 잠기고 싶지만
나는 어쩔 수 없이 혼자가 되고 맙니다

떠나고 싶어도 떠날 수 없는
누군가를 사랑하고 싶어도 사랑할 수도 없는
이 세상의 한편에 서 있는 나.

한때 그리운 것들이 많았지만
내 영혼을 끌어당기는 슬픔 때문에
잠들지 못하는 수많은 날들 속에
내 노래가 있습니다
눈물은 눈물끼리 슬픔을 만들고
슬픔은 슬픔끼리
깊은 소리의 울림이 됩니다.

어떤 위로

길을 가다가 문득 주저 앉고 싶었다
내 자신을 위해 그 어떤 것도 할 수 없었던
그 바쁜 시간의 굴레 속
흘러가는 시간조차 잃어버린 나에게
나를 돌아본다는 것은
나에 대한 아주 작은 보상이었고
아주 작은 위로였다
가끔은 내가 나를 배려할 수 있는 마음
그 결심을 하고부터
난 가끔 나에게 선물을 하기로 했다
그 선물이 비누방울 같은 아주 작은 것일지라도.

5장

가슴에 남은 말

그리운 사람에게

노래하리라 그리운 너를 위해서
오늘도 노래를 부르리라
내 노래는 너의 가슴을 치고 달아나리라
때론 종로 종각(鐘閣)을 치고 나뭇가지를 흔들다가
마침내 그리운 너의 몸속에서 울리리라.

나의 노래

내 노래는 하나의 떨림입니다
내 노래는 천상에 닿지 못하고
떨어지는 하나의 연(鳶)입니다

나는 그 연을 만들기 위해 매일 매일
노래를 부릅니다
내 노래는 나뭇가지에 앉아 잎새를 흔들다가
당신의 창문을 흔들다가
깊은 반향으로 되돌아 옵니다

내 노래는 당신의 떨림이기도 합니다
당신의 마음이 떨리고 있을 때
나는 내 가성의 목소리마저 깊이 떨립니다

내 노래는 바로 사랑이기 때문입니다
내 노래는 바로 감성이기 때문입니다.

슬픈 그림자

슬픈 그림자만 아프게 남아버린 기억속
이렇게 오래 방황할 수 없다
언제쯤 그대를 잊으려나
떠나간 너의 뒷모습이
가슴속에 사무치도록 오래 남는 것은
아직도 널 사랑하기 때문이다
다시 너를 만날 수 있다면
이젠 너를 지킬 수 있다
이미 잊기를 포기한 채 사는 난
널 다시 볼 수 있을
어렴풋한 위안으로 숨을 쉬고 있다
다 주지 못한 사랑으로
널 보던 내 무습이 미운 난
널 보낸 그리움으로 용기 내어 살고 싶다.

가슴에 남은 말

헤어지면서
너에게 꼭 하고 싶었던 말이 있었다

헤어지면서
가슴속에 남은 말이 있었다

비수처럼 오래 남겨두었던 사랑한다는 말
그 한 마디도 끝내 하지 못하고
그 겨울 너를 떠나보내었다

사람은 왜 떠난 뒤에
애닳아하고 가슴을 치는 것일까

꼭 떠난 뒤에 후회의 빈 잔을 쓰러뜨리는 것일까

그대 있음에 행복을 모르고
그대 있음에 절망을 모르고 살아왔음을
그대 떠난 뒤에 남은 말이 있음을 알았다.

그대에게 보내는 편지 1

그대 그 동안 잘 지내고 있는가요
창 밖에는 속절없이 봄비가 내리고
마음은 가없이 그대에게 향합니다
참 오랜만이네요. 그대에게 가 닿을
마음의 편지 한 통 보내리라 마음 먹었지만
잘 쓰여지지 않는 것은 웬일일까요.
그대 정말 내 편지를 봄비처럼 기다리고 있었던가요
그리운 마음이 벌써 그대에게 가 닿아 있는 것처럼
그대 마음도 이미 내 몸속에 있는 것 같아요
그 동안 아주 많이 흘러간 시간에 대해서
변명처럼 이야기하는 내 자신이 미워져요
앨범활동과 네 번의 전국투어 콘서트를 끝내고
지친 몸을 끌고 한동안 집안에만 갇혀 있었죠
무언지 모를 공허함에 휩싸여 방 한 구석에 틀어박혀
몇날 몇일밤을 지새었는지
세상과는 아주 무심히 단절하며 산다는 것이 이렇듯

행복하다는 것을 처음으로 깨달았죠
아아, 그렇게 무심하게 나날을 보내었습니다
그대 한 번쯤 세상과 무심해 보세요
또 다른 내가 있다는 것을 알게 될 것입니다.

그대에게 보내는 편지 2

열차를 타고 소읍(小邑)에 내렸습니다
가는 가을비가 외투를 적시고
어느 작은 카페에 앉아 노래를 들었습니다
아주 낯익은 목소리가 흘러나왔습니다
내가 부르는 노래인데도
나는 왜 이렇게 낯설은지 모르겠습니다
내 노래와 내 목소리가 오늘은 쓸쓸하게만 느껴졌습니다
스물다섯의 삶
가끔은 내 마음에 우울한 비가 내리는 것처럼
어쩌면 삶은 때론 내가 낯설다는 것을 느낄 때부터
새롭게 시작하는 것인지도 모릅니다
가끔은 걸어온 길을 뒤돌아 보는 것처럼
내가 내 노래를 듣는 것도 삶의 이유가 되는 것은 아닌가요
참 많이 앞만 보고 달려와
내 마음은 메말라 있다는 것을 나는 이제야 알았으니까요
가끔은 내가 서 있는 자리에 털썩 주저앉아

그냥 한없이 쉬어 보고 싶습니다
음악에도 쉼표가 있듯이
인생에도 쉼표는 있어야 하니까
다시 사랑한다면 누군가의 쉼표가 되고 싶습니다.

그대에게 보내는 편지 3

내 곁을 모두가 다 떠난다 해도
오직 그대 내 곁에 남아 있다면
이 지상에서 나는 가장 행복하리
아니 차라리 모두가 나를 잊는다 해도
그대 나를 기억한다면
나는 그 기쁨으로 날마다 기도하리

누군가를 미치게 사랑한다는 것은
그의 슬픔과 괴로움마저 함께 하는 것
내가 괴로울 때 그대는 내게
괴롭지 않을 한 가지 의미가 되듯
누군가를 사랑한다는 것은
그 사람의 아픔과 슬픔을 공유하는 것.

웃어야 하는 그대에게

늘 함께 하셨음을 저는 알고 있습니다
숱한 날들을 그리움으로 지새운 그대
제가 홀로 참 많은 시간들을
외로움으로 견딜 수 있었던 것은
오직 그대가 있기 때문이었습니다

누군가를 사랑한다는 것은
거짓을 용서하지 않는 것입니다
나는 오늘 참으로 그대에게 고백합니다
그대가 있었기에 내가 존재할 수 있었음을
이젠 가혹한 외로움이 나를 덮친다 해도
그대 때문에 견딜 수 있습니다

그대 참으로 많은 것을 던져주신
하늘 같은 사랑을 저는 모두에게 전하고 싶습니다
설령 그 길이 아무리 먼 길이어도

나는 부르튼 발을 이끌고 가고 싶습니다
저에게는 너무 소중해 웃어야 하는
바로 그대가 내 곁에 있기 때문입니다.

어머니에게 1

병실을 나오면서 눈물이 났습니다.
거리에는 추적추적 겨울비가 내렸습니다
나는 계단에 주저 앉아
어머니의 야윈 모습을 자꾸 생각했습니다
어머니는 세월속에 힘없이 쓰러지시고
몸속에 독버섯처럼 자라는 암세포
우리 남매를 힘겹게 길러내시고
이제야 그 은혜를 갚을려고 했는데
하나님, 정말 나에게 이런 아픔을 주십니까
이제 저는 지탱할 마지막 힘마저 없습니다
어머니가 없는 이 세상은 제게 그냥 황무지입니다
이젠 당신을 내 기억의 오래된 정원에
그 그리운 육신을 모셔야 합니까
매일 매일 그리움으로 날을 지새워야 합니까.

어머니에게 2

무대 위에서 노래를 부르다가
문득 병석의 어머니 얼굴이 떠올라
눈물이 앞을 가렸습니다

사람에게 있어 산다는 것이란
저무는 해처럼 지는 때를 기다리는 것이라 하지만
병으로 힘든 어머니 생각에
갑자기 목이 메었습니다

어머니는 목놓아 우시고
내 손을 꼭 잡고
그래 생이란 그렇게 쉽게 가는 것이 아니란다
병석의 어머니는
힘겨운 나를 오히려 토탁거렸습니다
나는 그때 당신 때문에
뒤돌아 서서 울고 말았습니다

나는 그제야 알았습니다
이 세상의 모든 어머니들은
그 어떤 것보다 강하다는 것을
생이란 어쩌면
꼭 한 번은 앓아야 할
아픔이 있는가 봅니다.

어머니에게 3

어머니 이제야 알았습니다
나를 그렇게 모질게 꾸짖어 주신 뜻을
나 이제야 처음 알았습니다
이부(異父)형들과 함께 나를 키우면서
그 수많은 눈물을 감내하셨다는 것을
어리석게도 이제야 알았습니다
꾸짖음 뒤에는 더 큰 사랑이 있었음을
나는 왜 깨닫지 못했던 것일까요
이따금씩 내 기억의 뒤안길에는
눈물이 걸어다닙니다
어린 나이에는 결코 인내할 수 없었던 지난날이
생각나기도 합니다
때론 모질게 나를 매질하던 어머니가
원망스럽기도 했습니다
그러나 그것이 나를 위해서라는 것을
나 이제야 알았습니다

지금은 모든 것이 한 장 추억 같기도 합니다
어머니 당신을 사랑하지 않고는 못 견딜
막내아들이 오늘은 두 손 모아 고백합니다.

별

왜 그대는 먼 곳에서만 반짝입니까
그리운 사람들은
모두 먼 곳에서만 있는 것입니까

사랑하는 사람들은
저마다 별빛으로 반짝이고
왜 나의 별은 보이지 않습니까

오늘밤 나는 창가에 기대어 별을 바라봅니다
이 세상에 홀로 된 적이 있는
내 안의 어머니를 만납니다
어머니는 내게 하나의 별입니다

어머니, 나에게 삶의 새로운 용기를 주십시오.

편지
— 시인에게

내 마음속에 시가 잠들어 있더라
그 시들은 오랫동안 내 가슴속에 잠들어 있다가
어느 날 무심히 내 마음을 울게 하더라
나는 시인도 아니면서 시를 썼지만
그래도 시들은 내 마음을 울게 하더라

어느 새벽 나는 외로움 때문에
책상에 앉아 시를 썼다
시 같지도 않으면서 시를 쓰고 싶었다
사랑하는 사람에게
어머니에게, 가족들에게
그러나 내게 삶은 늘 안개였다

노래로도 다 하지 못한 나만의 이야기를
시로 말하고 싶었다
산다는 것이 남모르는 가슴앓이를 하는 것처럼

나도 눈물에 대한 의미를 알고 싶었다
내 마음을 시인아 용서해 주기를.

영혼의 깊은 울림

정일근(시인)

시는 시인들만의 공유물이 아닙니다. 여기 쓰여진 조성모의 시들은 솔직한 마음의 울림들입니다. 그래서 더욱 마음을 울립니다

그러나 놀랍게도 그의 시들은 깊은 울림이 있습니다. 시인 아닌 노래하는 가수로써 이만큼

시를 썼다는 그 자체만으로도 그저 놀라울 뿐입니다. 놀라운 것은 그것만이 아닙니다. 콘서트, 앨범제작, 신곡 발표등 그 바쁜 와중에도 틈틈히 시를 써서 이렇게 시집을 세상에 내어 놓는다는 사실에 더욱 감동을 받게 합니다.

시를 쓰는 사람은 마음이 아름답습니다. 조성모의 마음 또한 한없이 아름답다는 것을 그의 시에서 느낄 수 있습니다. 시속에서 나오는 그의 솔직하게 담백한 고백들은 오히려 읽는 사람들에게 깊은 감동을 줍니다. 한마디로 그의 시들은 마음속에서 우러 나오는 진솔한 표현들이기 때문입니다. 그것은 여타의 유명한 사람들이 쓴 고백류의 자서전이나 에세이와는 전혀 다른 차원의 것들입니다.

그가 어릴적 이부(異父)형들과 자라면서 했던 마음의 고생들이나 어머니의 모진 꾸짖음이 후에 그를 제대로 성장케하는 과정임을 깨닫는 한 젊음이의 방황의 냄새도 적지 않게 읽는 이로 하여금 작은 감동을 느끼게 합니다. 또한 하고 싶은 일이 많으나 지금은 바쁜 일들과 처한 환경 때문에 할 수도 없는 그 마음의 쓸쓸함들도 시에 잘 나타나 있습니다.

그는 가수이기 이전에 한사람의 젊은이이기 때문일 것입니다. 술집에 앉아 한 잔술을 마시고 싶어도 마실 수없는 그는 즉 대중의 스타이기 때문에 느끼는 고독은 보통사람들보다도 많을 것은 분명합니다.

그러나 그는 고독과 외로움을 한편의 시로서 모든 것을 털어 냅니다. 그의 노래가 깊은 울림이 있는 것도 다 그 때문인 것 같습니다. 시를 쓰고 사랑하는 사람은 생각이

깊습니다 그 깊은 생각이 또한 곡을 쓰게 하는 것입니다.

> 내안에 깊은 울림이 있습니다/ 눈물은 눈물끼리 내 노
> 래를 만들고/ 슬픔은 슬픔끼리 내곡을 만듭니다/ 마음에
> 비가 내리듯 외로운 날은/ ...중략.../ 주점에 앉아 사랑하
> 는 사람들과 술을 마시고 싶지만/ 아아, 그렇게 세상과 함
> 께 잠기고 싶지만/ 나는 어쩔 수 없이 혼자가 되고 맙니다
> / 떠나고 싶어도 떠날 수 없는/ 누군가를 사랑하고 싶어
> 도 사랑할 수도 없는/ 이 세상의 한편에 서 있는 나.
> — 내안의 깊은 울림

얼마나 가슴저리고 아픈 시입니까. 그의 내안에 있는
것은 슬픔과 눈물뿐인 것 같습니다. 그렇기에 〈눈물은 눈
물끼리 내 노래를 만들고〉, 〈슬픔은 슬픔끼리 내 곡을 만
듭니다〉 어쩌면 그는 처절하게도 '서정의 귀환' 같은 쓸
쓸함을 몸안에 품고 있는 사람인줄도 모릅니다. 바로 그
'쓸쓸함'이 한 젊은이를 〈예술의 세계〉로 끌고 가게 하
는 '힘'이 되었던 것입니다.

그러나 그는 그곳에서도 홀로 외로워 합니다. 차라리
그는 그 쓸쓸함을 이기지 못해 〈주점에 앉아 사랑하는 사
람들과 술을 마시고 싶고〉또한 〈세상과 함께 잠기고 싶
지만〉 결국〈어쩔수 없이 혼자가 될 수밖에 없는〉 대중속

의 외로움을 느끼고 맙니다. 그는 이렇듯이 처철한 외로
움속에서 스스로 견뎌나가고 있는 것인 줄도 모릅니다.

> 고독이 그대를 부를 때/ 가만히 눈을 감고/ 생각 해보
> 라/ 너 홀로 얼마나 외로운자가 되었던가를./너만큼 외
> 로움 때문에 몸부림쳐 보지 못한 사람이 / 어디 있겠는
> 가를,/ 자꾸만 외롭다고 하지 말라
>
> -고독에 대하여

그가 얼마나 외롭는가를 단적으로 보여 주는 시입니
다. 얼마나 외로웠으면 〈외로움 때문에 몸부림 쳐 왔겠는
가를〉 그러나 세상은 그 보다 더 많은 사람이 외로움 때
문에 울고 있음을 그는 스스로 깨닫고 있습니다. 그는 어
쩔 수 없이 외로움을 스스로 견뎌야 하는 대중의 스타입
니다. 그의 외로움은 그의 쓸쓸함이며 또한 희망일수도
있습니다. 왜냐하면 외로움 때문에 그는 더 좋은 노래와
시를 쓸 수 있게 되었기 때문입니다.

> 젖어 보지 못한 사람은/ 사랑에 대해 이야기 하지 말
> 라.../ 창밖에는 우울한 비가 내리고/ 음악은 안단테의
> 낮은 풍(風)으로 흐르고 있다
>
> - 카페에서〈부분〉

가끔은 추억을 감당 할 수 없기에/ 사람은 외롭다고
생각한 적이 있었다./ 외롭기 때문에 사랑을 한 적이 있
었다

- 사랑하는 사람에게 〈부분〉

나에겐 보고 싶어도/ 볼 수 없는 그리움보다/ 볼 수
있는데 보지 못하는 / 그리움이 더 많았다

-누구나 그리움 하나씩은 품고 산다 〈부분〉

그의 외로움은 결국 감당 할 수 없는 하나의 섬을 만듭
니다. 그섬은 그의 노래이며 시인줄도 모릅니다. 외롭고
쓸쓸하기 때문에 사랑을 한적도 있으며 또한 사랑을 하고
싶어 하는 것입니다. 하고 싶어도 할 수가 없는 그 벽같은
막힌 세상을 사는 것이 바로 스타의 길이기 때문인줄도
모릅니다. 그래서 그는 〈가끔은 추억을 감당 할 수 없기에
/ 사람은 외롭다〉고 하기도 하며 그 외로움 때문에 〈사랑
을 한 적도 있다〉는 고백을 과감하게 그는 하고 있는 것입
니다. 그도 젊은이며 사람이기 때문일 것입니다. 이런
마음은 '어머니'를 통해서도 잘 나타 납니다.

병실을 나오면서 눈물이 났습니다/ 거리에는 추적 추적
겨울비가 내렸습니다/ 나는 계단에 주저 앉아 / 어머니의

야윈 모습을 자꾸 생각 했습니다/ 어머니는 세월 속에 힘
없이 쓰러지시고/ 몸속에 독버섯 처럼 자라는 암세포./ 남
매들을 힘겹게 길러 내시고/ 이제야 그 은혜를 갚을려고
했는데/ 하나님. 정말 나에게 이런 아픔을 주십니까.

- 어머니에게 1〈부분〉

무대위에서 노래를 부르다가/ 문득 병석의 어머니 얼
굴이 떠 올라/ 눈물이 앞을 가렸습니다

- 어머니에게 2〈부분〉

그는 이 세상에서 어머니를 가장 사랑합니다. 그에게
어머니는 그를 있게한 장본인입니다.

그런 어머니가 얼마전 췌장암으로 병석에 눕게 되었던
것입니다. 그에게 어머니의 병은 그를 더욱더 가슴 아프
게 했던 것입니다. 그 슬픔은 급기야 〈무대위에서 노래를
부르다가〉〈눈물이 앞을 가리기 까지 했습니다〉라고 했던
것입니다. 그렇듯이 그의 시들은 한마디로 마음의 고백
입니다. 아니 진솔한 고백인 것입니다.

이렇듯이 조성모의 시들은 '마음의 고백'을 정직으로
하는 '마음의 울림'들입니다. 그가 시를 쓰는 것도 바로
이 때문입니다. 나는 그가 시집을 낸 뒤에도 꾸준히 썼으
면 하는 것이 정말 솔직한 바램입니다. 바로 시란 '영혼
의 울림'이니까요.

내 안의 깊은 울림

초판인쇄 · 2001년 5월 15일
초판발행 · 2001년 5월 20일

지은이 · 조성모
펴낸이 · 최정헌
펴낸곳 · 좋은날
주　　소 · 서울시 서대문구 충정로 3가 8-5호 (동아 아트 1층)
전화번호 · 392-2588~9
팩시밀리 · 313-0104

등록일자 · 1995년 12월 9일
등록번호 · 제 13-444호

값은 표지 뒷면에 있습니다.
ISBN 89-86894-90-4　03810